Thiago de Mello

As águas sabem coisas

Thiago de Mello

As águas sabem coisas

São Paulo
2020

© **Thiago de Mello, 2015**
1ª Edição, Editora Gaia, São Paulo 2020

Jefferson L. Alves – diretor editorial
Richard A. Alves – diretor comercial
Solange Eschipio – gerente de produção
Cecilia Reggiani Lopes – seleção de poemas e edição
Juliana Campoi – assistente editorial
Flavia Baggio – revisão
Rogério Borges – capa e ilustrações
Tathiana A. Inocêncio – projeto gráfico
Ana Claudia Limoli – finalização de diagramação

Obra atualizada conforme o
NOVO ACORDO ORTOGRÁFICO DA LÍNGUA PORTUGUESA.

Dados Internacionais de Catalogação na Publicação (CIP)
(Câmara Brasileira do Livro, SP, Brasil)

Mello, Thiago de
　　As águas sabem coisas / Thiago de Mello. – São Paulo : Gaia, 2020.

　　ISBN 978-85-7555-493-7

　　1. Poesia brasileira I. Título.

20-36316　　　　　　　　　　　　　　　　CDD-B869.1

Índices para catálogo sistemático:
1. Poesia : Literatura brasileira　　B869.1

　　Cibele Maria Dias - Bibliotecária - CRB-8/9427

Direitos Reservados

editora gaia ltda.
Rua Pirapitingui, 111-A – Liberdade
CEP 01508-020 – São Paulo – SP
Tel.: (11) 3277-7999
e-mail: gaia@editoragaia.com.br
www.editoragaia.com.br

Colabore com a produção científica e cultural.
Proibida a reprodução total ou parcial desta obra
sem a autorização do editor.

Nº de Catálogo: **3920**

As águas
sabem coisas

Sumário

Algumas intimidades   9

As diferenças   11

O ser em soneto   13

Amor: pedra e musgo   15

Implacável, o que passou   17

Confia, mas não tanto   19

A lição das águas   21

Floresta 500 anos   23

Chico Mendes: sonho que cresce no coração da floresta   27

Resposta da cunhantã   33

Guardo   35

Faça de conta   37

O melhor prêmio   39

A gaviã e a moça   41

Bem devagarinho   43

Algumas intimidades

Amanheço antes dos pássaros,
a coruja *saynara* já dormiu.
Um gavião corta a madrugada,
as jaçanãs brincam na areia.
Nuvens rentes ao verde,
cedinho, tão luminosas.
Não distingo a que vem
de vez em quando me ver.

As águas falam, cantam, sabem coisas.
Bem-aventurados os que nasceram
com o dom não apenas de entendê-las,
mas que elas gostem de ser entendidas.
Hoje de tardinha uma dessas ondas
que a gente chama de carneirinho branco
chegou me avisando, lá de longe,
que vai vir vento geral e que a Yara
apareceu ontem de noite na proa
de uma canoa no Lago das Piranhas.
Parece, ela não garante, mas parece
que levou o marido da Rosa lá pro fundo,
onde fica o palácio dela, recoberto
de escamas e de espumas coloridas.
Quis perguntar se não era conversa de onda,
preferi pedir que ela não contasse para a Rosa.

As diferenças

Bem-vindas, meu amor, as diferenças
que, reunidas na sombra do milagre,
nos revelaram poderes da aurora.

Foi quando a tua mão, mármore fresco,
afagou minha fronte enamorada
e a infância me levou para a montanha

de onde desce um regato de esmeraldas.
O teu passo maneiro estremeceu
as pedras do meu chão esperançosas.

Só as diferenças o palor explicam,
o que a cidade fez do antigo encanto:
o orvalho inaugurou lágrimas de ágatas.

Que de alegria seja sempre o cântico
por merecer do amor o sortilégio
de não deixar a diferença urdir

o sal desunidor da divergência.
Um grão, que nem precisa ser do grosso,
prevalecido de sua brancura,

se crava e morde a pele alva da paz.
E não como os dois rios da floresta,
que nunca se misturam. Sejam águas

as nossas diferenças, amorosas,
que unidas corram, livres e abraçadas.

O ser em soneto

*Para o Tenório Telles,
ele me sabe*

Mas será que viver a pena vale
da vida que não vale sem a pena?
E o que é a pena de viver senão
aceitar dissabor, de coração?

Escrevo só por gosto, se desgosto
do amanhecer amargo, permaneço.
O amor me ensina, o desamor ajuda
a saber que só ganho o que mereço.

Coragem tenho de me ver. Contudo,
construo devagar o que mais quero:
findar me vendo no meu próprio espelho.

Valeu-me a vida quando descobri
que o ser é a minha própria gravidade.
Se ela desmaia, eu me desapareço.

Amor: pedra e musgo

A pena de não vê-la,
já se esgarça em outra
mais funda, a de perdê-la.
A ausência que me guia
a atravessar o dia,
no meu peito se muda
em flor, mas suas pétalas
vão se vertendo em pedra
recoberta de musgo.

Foi tudo o que sobrou
do querido esplendor.
Até o inocente musgo
me desconhece a mão.

Implacável, o que passou

*Para o Fabelo,
gênio cubano*

De implacável, o tempo
se fez bondoso.
Me deu
um pedaço do seu chão.
de lajes alagadiças
e avisou:
– Vai devagar,
não deixa a Vida te ver
de intimidades comigo.
Ela me respeita, sabe
que eu guardo o que já viveste,
disfarçado de memória,
manancial milagroso
e secreto, que te faz
capaz de inventar, urdir
uma vida que é só tua,
sem a qual te desconheces,
te perdes dentro de mim.

O tempo fala a verdade.
Sabe. Não quer é dizer,
que ele depende da Vida
para durar toda a viagem.
Tem jeito de ruindade
parar no melhor da festa.

Confia, mas não tanto

Para Claudio Leal

Te comove a beleza
da nuvem, uma estátua
esplêndida de mármore.
Pois lá vem vindo o vento
cheio de bocas, a nuvem,
vapor d'água, se esvai.

Não te fies no fulgor
suave do olhar que encanta.
Dentro dele, brasa fria,
outros olhos te decifram
a escritura do silêncio.

Pondera bem a extrema
serenidade da pele
das águas que te sabem
a precisão de paz.
Debaixo dela, monstros
ferozes que não dormem
na espera infalível,
destroçando o teu barco
e o sonho da proa.

Confia, sim, na rosa
feiticeira que se abre
faceira para mostrar

a fugaz eternidade
das pétalas murchando.

Confiar mesmo só na vida.
Até quando não supor
o turvo peso da dor,
ela guarda o diamante
de uma inefável leveza.
A vida não é traição
(enganaram o bardo).

Mas a morte te espreita dentro dela.

A lição das águas

Hoje nada me disse a antemanhã,
cujo palor perseverante espero
debruçado defronte do meu rio,
no silêncio sonoro da floresta
que me tem de nascença.
Mal me vê,
fala suave que a vida nunca é vã,
que merecer o vento me chamando,
ganhar o voo alvíssimo da garça,
a luz do riso de uma criança triste,
a palavra estrelada na memória,
faria do meu dia a explicação
da beleza da vida e a advertência
de que tudo que dói sempre tem fim.

Mas hoje a luz da aurora não falou,
na clara boca um laivo entristecido.
Concedo então que só de mim dependo
para lavar a falta que me faz
o pássaro-cantor que se calou.

De repente, gravado na água, leio
rutilante recado para mim:
na dor da tua perda cresce o amor.

14 de outubro de 2005.
Um ano sem o Manuelzinho.

Floresta 500 anos

*Para o Amazonino Mendes,
que sabe ser filho dela*

Me dizem manancial
de vida, o mais precioso
pedaço verde do mundo.
Eu digo o mais descuidado,
gosto de delicadeza.
Já que estão me convidando
para dançar lá na festa
do Brasil 500 anos,
melhor é que eu diga tudo.

Estão me dando sumiço,
faz tempo andam me queimando,
me cortando, escalavrando
o que tenho do que é bom
para quem vive no mundo.
Vão me levando em pedaços
para o outro lado do mar.

Não padeço só por mim
do descaso e da ruindade.
Sofro mais pelo meu povo,
que vive em mim e de mim
e já está é sentindo medo
de perder o que é tão dele,
minhas seivas, meus tutanos

e as virtudes encantadas
que curam seus maus-olhados,
os do corpo e os das visagens.
Convite desajeitado,
cara de consolação.

Não vou nem levo os meus rios,
que não andam bem das águas.
Com o meu dom de renascer,
tem quem me tome por moça.
Mas sou antiga já demais.
Estou ouvindo o Jurupari
me falando pra ficar.
Vou dançar é com os ventos,
os rebojos, os banzeiros
e descansar no igapó
na sombra da sumaumeira.

E ainda que eu bem quisesse
valsar no salão da pátria,
me falta traje de gala.
Meu vestido de esmeraldas
está todo esburacado.

Chico Mendes: sonho que cresce no coração da floresta

I

Não frequentas mais
de corpo comovido,
os espaços do mundo.
A medida do tempo não te alcança.
Ganhaste a dimensão do sonho,
és luzeiro da esperança.

Chegado foste ao mundo
– fronte estrelada,
peito caudaloso –
para que te cumprisses
na construção do triunfo
do que no homem,
é orvalho indignado.

Atendias a altivos chamados:
a floresta e os seus povos
precisavam (precisam)
da esperança com que semeavas
e o poder da descoberta
de que o amor é possível.

II

Os inimigos da vida,
tremendo de medo da aurora,
ceifaram ferozes
o teu caminho escrito
por indeléveis letras,
na verde verdade
do chão de cada dia.

Doidos por sumir contigo,
cuidavam que podiam
amordaçar a fé
no reinado da justiça
e converter em moeda
o esplendor da primavera.

Nem pressentiram
que és da estirpe dos seres
que nascem para permanecer.
Agora inabalável,
prescindes do corpo.

III

Perduras e és conosco.
Nos levas, te levamos.
Eis que a vida do homem
é o que ele faz e fala
e se faz fundamento
do que será o porvir.

A tua própria morte
é chama que nos chama
para levar o barro,
sacudir a piçarra
aparelhar os esteios
de *maçaranduba,*
e ajudar a construir
as esplêndidas cidades.

Por isso te canto, irmão.
Tu nos tornas capazes
de cuidar do chão e do céu
do reino da claridade
que é nosso berço e morada.

Avançamos pelas veredas
que ajudaste a abrir
e para que não nos percamos,
deixaste estrelas cravadas
nos troncos das seringueiras,
nas *sacopemas* das *sumaumeiras,*
nas palmas dos *inajazeiros,*
e até nas favas morenas
da *acapurana* menina.

O lampejo sereno dos teus olhos
dança nas escamas esmaltadas
que nascem da confluência
das águas dos rios Acre e Xapuri.

Deixa eu te revelar que às vezes
nos morde uma sombra de desânimo
e nos estremece o espanto
perante os terçados da opulência
que não dorme e é cheia de olhos.

IV

É quando os pássaros da floresta
nos acodem confiantes,
as corujas se despedem das estrelas
cantando as sílabas alegres
do teu nome de menino.

Por tudo que nos dás,
te trago o som dos remos
dos pescadores de pirarucu;
trago a palma dançarina
dos meninos da várzea,
barrigudinhos, magrelos,
mas que já estão na escola.

Trago o canto do sindicato
dos pássaros de asas queimadas
pelas brasas desumanas;
o suor das quebradeiras de coco,
das fazedoras de farinha-d'água,
das amassadoras de *açaí*.

E termino este aceno de mão agradecido
com o abraço das crianças amazônicas
que ainda vão nascer, abençoadas
pelo majestoso arco-íris de amor
que se ergue da úmida seiva da mata
das terras firmes do teu *Xapuri,*
com as cores de todas as raças humanas.

Primavera de 2008.

Resposta da cunhantã

Meu corpo de cunhantã
tem as curvas do meu rio.
Nado sem mover os braços,
feito uma garça no céu.
Cunhantã curimatã,
vou correndo rente à areia,
entre o capim-canarana.
Mulher moça de água e verde,
meu corpo de cunhantã
brilha na luz da manhã.

Trabalho desde menina,
como toda cunhantã
ribeirinha da floresta.
Faço roça, corto lenha
e pesco de malhadeira
a branquinha e o matrinxã.
Os calos de minha mão
têm a maciez de pétalas,
mas só tem minha carícia
quem achar a flor que dorme
no peito da cunhantã.

Eu amo, canto e trabalho.
Ajeito um pacu de brasa
na folha de bananeira.

Preparo um curimatã
com alho, sal e alfavaca,
costela de tambaqui
com pimenta murupi.

Não tenho medo de boto.
Gosto mesmo é de caboclo.
De mim um poeta já disse
que sou *cunhantã dourada*,
me deu um banho de cheiro
com vindicá, pau-d'angola,
sândalo, chama e girão.
Ficou faltando a ternura
prometida. Não faz mal.

Eu sei que ele vem de novo,
pingando água do Andirá,
me oferecendo na cuia
a seiva do mirantã.
Cunhantã dá de presente
a claridão da manhã,
ele acorda a flor do peito,
quem sabe nasce milagre
de amor, que bom que vai ser.

Guardo

Um pássaro de ouro
descansa em meu peito
as asas fatigadas
da longa travessia.

Me entrega, mas pede
que guarde em segredo,
uma esmeralda. E voa.

Faça de conta

Faça de conta que somos
duas crianças andando
cantando em frente do mar,
enquanto a noite não vem.
(Pressinto que noite grande
já está a caminho.) Mas faça
de conta que eu não lhe dei
este aviso e vou contando
uma história tão bonita
de um amor que é como o mar
que não se acaba. Pois faça
de conta que é o nosso amor.

E quando a noite descer
e a sombra der no meu chão,
você vai lembrar da história.
Com ela, faça de conta
que a luz pura do seu dia
me alcança e seremos sempre
duas crianças andando,
cantando em frente do mar.

Mas, amor, faça de conta
que essa história de nós dois
não tem nada de invenção.

O melhor prêmio

Porque não desanimei
de repartir a esperança,
ganhei a tua luz.

A gaviã e a moça

A floresta já amanhece.
Sei pelo som do silêncio.
A coruja quer dormir,
se despede das estrelas.
O rio me recomeça
o amor que o sono guardou.
A acapurana me entrega
sua fava de suavidade.

É quando o dia começa.
A gaviã madrugadora
mal me vê, já debruçado
no parapeito, cismando
com as coisas que as águas contam,
pousa a meu lado e me dá
uma graça do seu canto,
que não chega a ser mavioso.

Mas sem desfazer das artes
da sabiá feiticeira,
nem as da rola morena
que de penas cobre o colo
da cabocla adormecida,
a gaviã de peito azul
da Freguesia do Andirá
tem um saber delicado

que certa moça cativa
do meu coração não tem.

Ela já gosta, mas tanto,
de quem gosta de suas asas
quando voa e quando pousa,
que agradece, bailarina,
inventa passos no espaço.

Eu disse asas, não ancas.
Ancas a moça é quem tem,
a que guardo no meu peito.
Delicadezas de cântaro!

Mas não dançam quando eu canto.

Bem devagarinho

Primeiro foste chegando,
como se eu te conhecesse
desde a relva da infância.

Então foi a tua voz,
a música eu conhecia,
dizendo que era um milagre.

De momento, na entressombra,
senti os dedos dos teus pés
me inaugurando um caminho

muito devagarinho,
enquanto me segredavas
umas palavras molhadas.

Quando me entregaste o rosto,
me apaziguou a paz
de tuas sobrancelhas.

Conheça outras obras de Thiago de Mello

Amazonas
Pátria da água

Se a Amazônia é a pátria da água – e é mesmo –, Thiago de Mello destaca-se como um de seus mais ilustres patriotas. Nascido à beira do rio, crescido no cheiro da mata, o poeta vem cantando a vida e a liberdade e combatendo bravamente em todas as batalhas pela proteção da natureza.

Este livro é um navio, ou melhor, é um daqueles barcos que sobem e descem o imenso labirinto fluvial da bacia Amazônica. Pois aqui você tem, leitor amigo, a ventura de fazer uma viagem inesquecível.

No fim da jornada, a leitura deste livro é enriquecida pelo esplêndido olhar do fotógrafo Luiz Claudio Marigo. Você vai descobrir que o personagem desta aventura não é apenas a floresta, mas certamente o mais belo fruto do seu chão: o homem amazônico, nascido em comunhão com a natureza.

Acerto de contas

Poeta de fina sensibilidade e de profundo compromisso com o destino da humanidade e da natureza, Thiago de Mello nos oferece esse livro de poemas inéditos, que sentencia como derradeiro. Em suas páginas, porém, não existe despedida. Aqui ele celebra a vida, o tempo da esperança, da justiça e da alegria, compondo versos de beleza, de sonho e encantamento.

Como sou

Este livro reúne poemas de Thiago de Mello, especialmente selecionados para o público jovem. Os poemas aqui presentes foram escritos ao longo da vida do autor. O livro conta ainda com as impactantes ilustrações de Luciano Tasso, que simbolizam com propriedade o universo cheio de ternura e de perseverança dos versos do poeta.

A luta política, o lirismo, o amor pela natureza e pelo ser humano, o homem com um coração de água e madeira onde pulsam as estrelas, estão aqui representados em seus versos.

Faz escuro mas eu canto

Livro de poemas de Thiago de Mello publicado em 1965, é sempre lembrado por seu autor como seu livro mais querido.

Na ocasião em que Thiago esteve preso, durante a Ditadura Militar no Brasil, deparou-se com um de seus versos escritos na cela: "Faz escuro mas eu canto/ Porque a manhã vai chegar". Era o sinal de que sua luta incessante pelo respeito à vida humana encontrava eco e precisava ser levada adiante.

Com carinhoso depoimento de Pablo Neruda, de quem o poeta se tornaria amigo quando esteve exilado no Chile. De um momento bem sombrio do Brasil, os poemas do livro trazem um sopro renovador que encanta e acalenta o coração inquieto da humanidade.

Melhores poemas Thiago de Mello

"Escrevo sobre o que me comove, o que instiga minha sensibilidade ou minha inteligência. O que me alegra ou me dói." Um dos principais poetas de nossa literatura moderna, Thiago de Mello nos oferece quase meio século de poesia em defesa da vida do homem. Seus poemas falam da floresta, da menina que dorme com fome, e da esperança de quem tem fé.